O ALOSSAURO PRECISA SAIR DO CENTRO DO LABIRINTO. QUAL É O CAMINHO CORRETO?

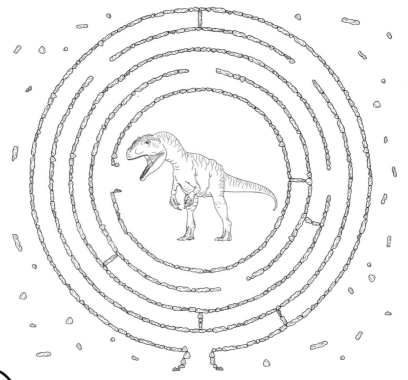

RESPOSTA NA PÁGINA 29.

CIRCULE A PEÇA QUE FALTA NA IMAGEM ABAIXO.

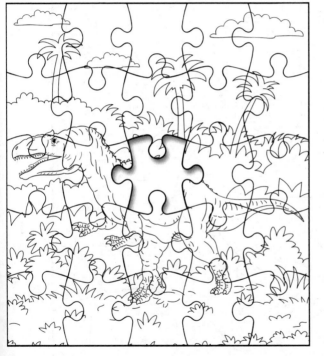

RESPOSTA: B

PINTE AS PARTES QUE TÊM PONTO PARA DESCOBRIR A FIGURA ESCONDIDA.

HORA DE COLORIR!

DESENHE AS FIGURAS QUE FALTAM NO QUADRO, DE FORMA QUE CADA IMAGEM APAREÇA APENAS UMA VEZ EM CADA LINHA E COLUNA.

RESPOSTA NA PÁGINA 29.

HORA DE COLORIR!

ENCONTRE E CIRCULE A SOMBRA CORRETA DO DIPLODOCO.

ESTE É O OVIRRAPTOR! VOCÊ SABIA QUE ESSE NOME SIGNIFICA "LADRÃO DE OVOS"? OBSERVE AS IMAGENS E ENCONTRE CINCO DIFERENÇAS ENTRE ELAS.

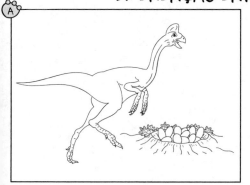

LEVE O DIPLODOCO AO SEU ALIMENTO FAVORITO.

HÁ APENAS DOIS DEINONICOS IGUAIS ENTRE AS IMAGENS ABAIXO. CIRCULE-OS.

O ESTEGOSSAURO ESTÁ COM SEDE. QUAL CAMINHO O LEVA ATÉ A ÁGUA?

12

RESPOSTA NA PÁGINA 29.

LIGUE CADA DINOSSAURO À SOMBRA CORRETA.

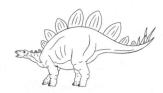

LIGUE OS PONTOS PARA COMPLETAR A IMAGEM DO TIRANOSSAURO E PINTE A CENA COM SUAS CORES PREFERIDAS.

CIRCULE A SOMBRA CORRETA DO IGUANODONTE.

OBSERVE O FORMATO DAS PATAS DOS DINOSSAUROS E LIGUE CADA UM À SUA PEGADA.

LIGUE OS PONTOS PARA COMPLETAR A IMAGEM DO IGUANODONTE E, DEPOIS, PINTE A CENA COM SUAS CORES PREFERIDAS.

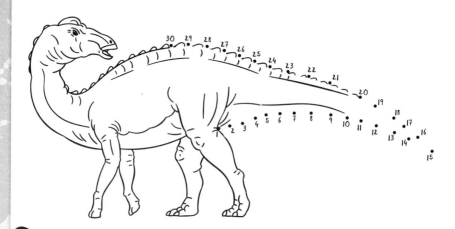

QUAL CAMINHO LEVA O FILHOTE DE TRICERÁTOPO AO SEU PAPAI?

QUANTOS TIRANOSSAUROS! MAS UM DELES É DIFERENTE. ENCONTRE-O E CIRCULE-O.

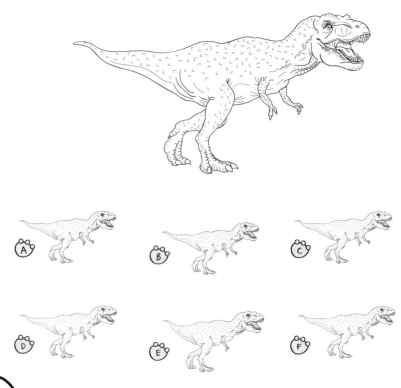

RESPOSTA: E.

HORA DE COLORIR!

21

AJUDE O TIRANOSSAURO A ENCONTRAR SUA PRESA.

LIGUE OS PONTOS PARA COMPLETAR A IMAGEM DO OVIRRAPTOR E, DEPOIS, PINTE A CENA COM SUAS CORES PREFERIDAS.

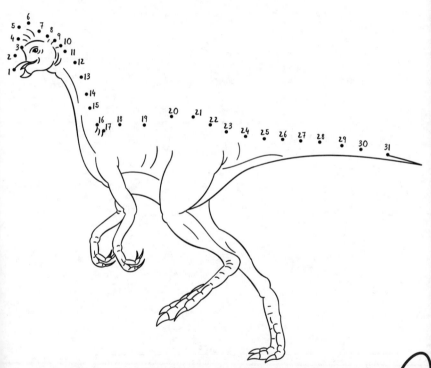

CIRCULE A PEÇA QUE FALTA NA IMAGEM.

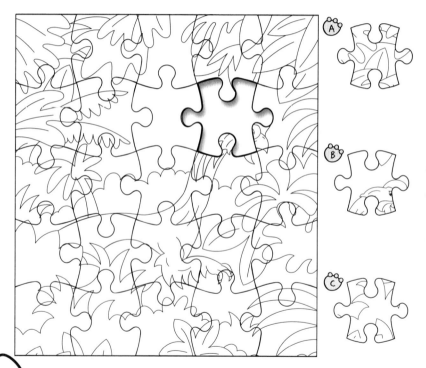

HORA DE COLORIR!

O PESCOÇO DO DIPLODOCO MEDIA POUCO MAIS DE SETE METROS. OBSERVE AS IMAGENS E ENCONTRE AS CINCO DIFERENÇAS ENTRE ELAS.

26

CIRCULE A ÚNICA SOMBRA QUE NÃO PERTENCE AO TRICERÁTOPO.

LIGUE CADA DINOSSAURO AO SEU FILHOTE.

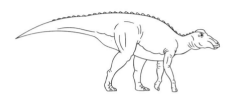

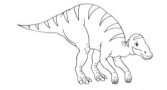

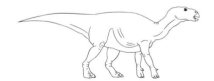

RESPOSTAS:

PÁGINA 2

PÁGINA 6

PÁGINA 9

PÁGINA 10

PÁGINA 11

PÁGINA 12

PÁGINA 13

PÁGINA 17

PÁGINA 19

PÁGINA 22

PÁGINA 26

PÁGINA 28
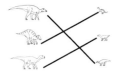